*Redescobrindo
o Tesouro Perdido
do Culto
Familiar*

JERRY MARCELLINO

Redescobrindo o Tesouro Perdido do Culto Familiar

FIEL
Editora

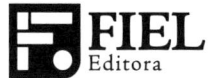

M314r Marcellino, Jerry
　　　　Redescobrindo o tesouro perdido do culto familiar / Jerry Marcellino ; [tradução: Francisco Wellington Ferreira]. – 2. ed., 1. reimpr. – São José dos Campos, SP : Fiel, 2016.

　　　　57 p.
　　　　Bibliografia: p. [59].
　　　　Tradução de: Rediscovering the lost treasure of family worship.
　　　　ISBN 9788581320410

　　　　1. Família - Vida religiosa. 2. Vida cristã. I. Título.
　　　　　　　　　　　　　　　　　　　　　　　　　　　CDD: 248.4

Catalogação na publicação: Mariana C. de Melo Pedrosa – CRB07/6477

Redescobrindo o Tesouro Perdido do Culto Familiar
Traduzido do original
Rediscovering the Lost Treasure of Family Worship
por Jerry Marcelino

∎

Copyright©2000 Jerry Marcelino

Publicado com permissão de Jerry Marcelino

Copyright©2004 Editora FIEL.

1ª Edição Português - 2004
2ª Edição - 2012

Todos os direitos em língua portuguesa reservados por Editora Fiel da Missão Evangélica Literária

PROIBIDA A REPRODUÇÃO DESTE LIVRO POR QUAISQUER MEIOS, SEM A PERMISSÃO ESCRITA DOS EDITORES, SALVO EM BREVES CITAÇÕES, COM INDICAÇÃO DA FONTE.

∎

Diretor: Tiago J. Santos Filho
Editor: Tiago J. Santos Filho
Tradução: Francisco Wellington Ferreira
Revisão: Marilene Lino Paschoal
Diagramação: Layout
Capa: Rubner Durais
ISBN: 978-85-8132-041-0

Caixa Postal 1601
CEP: 12230-971
São José dos Campos, SP
PABX: (12) 3919-9999
www.editorafiel.com.br

Sumário

Introdução 7

Uma lição do passado 11

Quatro razões para restaurarmos
o culto em família 19

Começando 37

Notas 59

Introdução

"Visto que o crente não pertence a si mesmo, mas foi comprado por preço, seu alvo é glorificar a Deus, em todos os relacionamentos da vida. Não importa a posição social que ele ocupa ou mesmo o que ele é, o crente tem de servir como uma testemunha de Cristo. Juntamente com a igreja de Deus, o lar do crente deve ser a esfera de sua mais evidente dedicação a Deus. Todas as realizações no lar têm de estampar o selo da divina chamada do crente, e todos os seus afazeres devem ser dispostos de tal modo, que todas as pessoas vindas ao seu lar percebam que Deus está ali!"

A. W. PINK

Por alguma razão desconhecida, o progresso faz com que as pessoas desprezem o passado, como se este não oferecesse qualquer coisa de valor relevante. Isto é especialmente verdadeiro em nossa geração, que vive em uma época solitária de exploração espacial, *cd-roms*, internet e tecnologia celular. Em nossos dias, mesmo entre aqueles que confessam ser crentes existe uma rejeição sutil do cristianismo histórico; essa atitude resulta em que eles permanecem inquietos em suas manias passageiras e superficiais, sem saberem por quê.

Mas, o que pode fazer o cristianismo desta geração tornar-se novamente um cristianismo que salga (Mateus 5.13)? O que pode causar o retorno do cristianismo de nossos dias a um cristianismo que age como preservador de uma sociedade decadente? O que pode oferecer esperança segura a famílias que estão em completa desordem? Resposta: um retorno às veredas antigas. Foi o profeta Jeremias quem disse:

Introdução

"Perguntai pelas veredas antigas, qual é o bom caminho; andai por ele e achareis descanso para a vossa alma" (Jeremias 6.16). Os Puritanos, em seus primórdios, são um bom exemplo que nos pode orientar na abordagem deste assunto.

> *"Antes de concluir minha pregação a esta igreja, peço-lhes que me permitam, novamente, repetir e incutir-lhes, com sinceridade, o conselho que, com freqüência, tenho dado a líderes de famílias, como pastor deles: afadiguem-se em ensinar, aconselhar e orientar seus filhos; criem-nos na disciplina e na admoestação do Senhor; comecem cedo, quando ainda há oportunidade, e mantenham constante diligência em atividades desse tipo."*
>
> JONATHAN EDWARDS

Uma lição do passado

Os Puritanos da Nova Inglaterra colonial gostavam de comparar sua aventura na América com o surgimento de Israel. Também acreditavam que sua fuga da Europa assemelhava-se ao êxodo do Egito. A própria América era, às vezes, chamada de Terra Prometida;[1] a comunidade de crentes, correspondente à "cidade-edificada-sobre-um-monte", devia ser uma luz para as outras nações do mundo, assim como Deus tencionara que Israel o fosse (Isaías 49.6).

Este padrão pode ser visto com mais clareza e importância no assunto do culto familiar. Neste padrão, assim como no Antigo Testamento, o pai era o líder espiritual do lar, ordenado pelo próprio Deus a liderar diariamente sua família na adoração a Jeová. Esta prática foi vista como a realização mais elementar na preservação do cristianismo nos primórdios da nação americana. Apesar disso, assim como aconteceu com Israel, em menos de cem anos, o culto familiar se tornou a área da vida cristã em que a negligência se mostrou tão predominante. Ouça estas observações do passado:

a. Em 1679, o Sínodo da Nova Inglaterra se reuniu em Boston, para responder a seguinte pergunta da Corte Suprema da colônia de Massachusetts: *quais são os males que têm provocado o Senhor a trazer juízos sobre a Nova Inglaterra?* Os líderes apresentaram quatorze razões como resposta. A sexta razão dizia:

Há muitas famílias que não oram a Deus constantemente, de manhã e à noite; e muitas outras que não lêem as Escrituras todos os dias, a fim de que a Palavra de Deus habite ricamente neles. Há muitas casas que estão repletas de ignorância e profanidade e que não são devidamente examinadas; por esta causa, a ira pode vir sobre outros ao redor de tais casas e sobre elas mesmas (Josué 22.20; Jeremias 5.7; 10.25). Muitas famílias que professam o cristianismo não levam todos os seus membros a se sujeitarem à boa ordem, como deveriam (Êxodo 20.10).... A maior parte dos males que proliferam entre nós procede da deficiência no governo da família.[2]

b. Em 1766, um século depois, Isaac Backus (1724-1806), o grande líder batista dos Estados Unidos, escreveu à sua geração:

A Nova Inglaterra foi antigamente um lugar famoso por seu cristianismo, em geral, e pela adoração familiar, em particular. Mas, recentemente, a negligência do culto familiar, bem como dos deveres espirituais, tem crescido entre nós; e isso tem causado muita tristeza aos piedosos. No entanto, não tenho visto nenhum artigo ser publicado a respeito deste assunto, por muitos anos... Nestes dias, grande número de pessoas foi notavelmente despertado, em várias partes de nossa terra; pessoas que foram educadas sob negligência para com a oração familiar e que ainda estão desorientadas quanto à autoridade bíblica para esta prática diária.[3]

c. Em 1847, o pastor presbiteriano James W. Alexander comentou a respeito do declínio óbvio deste dever:

> *Neste aspecto, nossa igreja não se pode comparar à do século XVII. Juntamente com a observação do domingo e da catequização das crianças, o culto familiar perdeu seu lugar. Há muitos chefes de família, membros de nossas igrejas, e (de conformidade com uma informação pouco confiável) alguns pastores e diáconos que não mantêm nenhum culto de adoração a Deus em suas casas.[4]*

Esses tristes relatos dos séculos XVII, XVIII e XIX são pálidos se comparados com as observações, ainda piores, que podem ser feitas em nossa época. O declínio tem sido permanente, sem qualquer recuperação do zelo anterior. Apesar disso, a Palavra de Deus nos diz que tempos assim não se perpetuarão. Salmos 22.27 nos lembra que um dia todas as famílias das nações adoração diante do Senhor. Com esta esperança, temos o dever de reacender o fogo que pode restaurar o cristianismo vital entre os crentes de nosso país.

> *"É inevitável que o culto familiar, como uma forma de adoração espiritual, enfraqueça e desapareça em tempos quando o erro e o mundanismo invadem a igreja"*
>
> JAMES W. ALEXANDER

Nenhum homem pode aproximar-se do dever de liderar sua família, em um culto espiritual, sem uma solene reflexão do papel que ocupa em relação aos seus deveres. O homem é o chefe do lar, por divina e inalterável instituição. Estes são deveres e prerrogativas que ele não pode transferir.

James W. Alexander

Quatro razões para restaurarmos o culto em família

Quais são as razões convincentes para restaurarmos o culto familiar entre os membros de nossas igrejas? E, mais importante, por que você deve estabelecer o culto familiar em seu lar? A seguir, apresentamos quatro razões.

1. SOMOS MORDOMOS DOS DONS DE DEUS.

O salmista disse, literalmente, que os filhos são dons do Senhor para nós (Salmos 127.3). Isto explica por que Deus condenou, na época de Ezequiel, o povo de Jerusalém por sacrificar seus filhos aos ídolos. Ao fazerem isso, tais pessoas estavam destruindo a preciosa possessão do Senhor. Ouça:

> *"Demais, tomaste a teus filhos e tuas filhas, que me geraste, os sacrificaste a elas, para serem consumidos.*
> *Acaso, é pequena a tua prostituição? Mataste a meus filhos e os entregaste a elas como oferta pelo fogo."*
>
> Ezequiel 16.20-21

Não perca esta importante verdade: nossos filhos pertencem a Deus, e somos os mordomos designados por Ele para cuidar destas almas que nunca morrerão. Seremos julgados como responsáveis por aquilo que fizermos com os filhos que Deus colocou sob os nossos cuidados. Isto significa que devemos usar todos os meios que Ele nos deu para alcançar os nossos filhos com o evangelho do Senhor Jesus Cristo.

Esses esforços serão acompanhados por um senso de responsabilidade espiritual para transmitir a fé à próxima geração (Salmos 78.1-8; Romanos 14.7). O professor Neil Postman captou com beleza esta perspectiva, quando disse: *"Os filhos são mensagens vivas que enviamos a um tempo que não veremos"*.[5]

O desejo de nosso coração para com nossos filhos deve ser semelhante ao de Paulo para com os crentes da Galácia, os quais ele chamou de filhos "por quem, de novo, sofro as dores de parto, até ser Cristo formado em vós".

É o próprio Deus que nos outorga esta mordomia, por um curto tempo, com a expectativa de que seremos bons mordomos destas preciosas dádivas e de que os levaremos, em um contexto de influência evangélica, a conhecer o Senhor e torná-Lo conhecido às gerações vindouras (Salmos 22.30).

Assim, Deus tenciona que propaguemos o seu reino, de geração em geração, primariamente por intermédio de famílias piedosas.

O desejo de nosso coração para com nossos filhos deve ser semelhante ao de Paulo para com os crentes da Galácia, os quais ele chamou de filhos *"por quem, de novo, sofro as dores de parto, até ser Cristo formado em vós"* (Gálatas 4.19).

Paulo estava falando sobre aquelas pessoas da igreja que estavam ouvindo regularmente a Palavra de Deus. Assim como Paulo, devemos trabalhar ao ponto de experimentar dores, até que vejamos Cristo formado em nossos filhos.

Se Cristo é a nossa vida, em cada respiração que Ele nos proporciona procuremos apresentá-Lo aos nossos filhos, tanto pelo viver como pelo falar (Atos 13.32; Salmos 78.1-8). A Bíblia é bastante clara: temos de viver não somente para nós mesmos (Romanos 14.7-9), mas também para a geração vindoura (Salmos 102.18).

2. SEU FILHO FOI COLOCADO EM SEU LAR POR UM DESÍGNIO DE DEUS.

Temos de reconhecer a boa mão de Deus sobre nossos filhos, ao colocá-los em um lar de pessoas crentes. Na realidade, ainda que seja um lar de jugo desigual, no qual somente um dos pais é crente, a bênção de Deus está sobre aquele lar. 1 Coríntios 7.12-14 explica:

> *"Aos mais digo eu, não o Senhor: se algum irmão tem mulher incrédula, e esta consente em morar com ele, não a abandone; e a mulher que tem marido incrédulo, e este consente em viver com ela, não deixe o marido. Porque o marido incrédulo é santificado no convívio da esposa, e a esposa incrédula é santificada no convívio do marido crente. Doutra sorte, os vossos filhos seriam impuros; porém, agora, são santos".*

Seu filho não pode obter a salvação por meio de osmose ou de parentesco. Pelo contrário, ele é o recipiente de uma influência santificadora e celestial, por haver sido colocado em um ambiente de influência evangélica. Conseqüentemente, por causa da soberana graça de Deus e de seu desígnio providencial, alguns filhos são colocados em lares onde o evangelho é vivido e ensinado; isto outorga a todo pai crente uma boa razão para esperar que Deus tenciona salvá-los (João 5.34; 2 Pedro 3.15).

Paulo continua em 1 Coríntios 7.16: *"Pois, como sabes, ó mulher, se salvarás teu marido? Ou, como sabes, ó marido, se salvarás tua mulher?"* Em outras palavras, se o(a) seu(a) esposo(a) crente aceita viver com você, não o(a) abandone; alegre-se com a oportunidade de influenciá-lo(a). E, se um cônjuge crente pode influenciar seu cônjuge não-crente, então, é certo que um pai ou uma mãe crente pode influenciar seu filho ou filha.

Timóteo é um bom exemplo. Atos 16.1 nos diz que ele foi criado em um lar de jugo desigual, tendo um pai grego não-crente. Apesar disso, sua avó e sua mãe, sucessivamente, lhe ensinaram as Escrituras, *"que podem tornar... sábio para a salvação pela fé em Cristo Jesus"* (2 Timóteo 3.15). Timóteo se tornou um poderoso ministro do evangelho e foi grandemente usado por Deus, apesar de não ter um pai crente.

Agora, precisamos reconhecer não somente a soberania de Deus orquestrando nosso lar, mas também usar todos os meios designados por Deus para alcançar nossos filhos, procurando iniciar, de maneira responsável, e cultivar, de maneira regular, a adoração diária a Deus com nossa família.

Na verdade, Deus nos ordena este ideal. Ele disse em Eclesiastes: *"Lembra-te do teu Criador nos dias da tua mocidade"* (Eclesiastes 12.1). De que outra maneira um jovem poderá conhecer o seu Criador, senão por intermédio de pais que procuram trazê-los diariamente para mais perto de Cristo? Deus deseja que os pais usem todos os meios disponíveis para alcançar seus filhos enquanto são jovens, quando são meigos e mais facilmente influenciados por seus pais, especialmente por meio de sua afeição natural para com eles.

3. O CULTO FAMILIAR NOS PREPARA PARA A ADORAÇÃO PÚBLICA.

O culto em família não é uma atividade isolada. Temos de vê-la como parte essencial da tríplice adoração a Deus: adoração particular, familiar e pública. Somente a adoração particular a Deus, que é o ponto inicial e o fundamento de tudo o que fazemos como crentes, nos prepara para influenciar nossa família.

Nossas vidas têm de ser exemplos vivos, permanentes e amáveis para nossos filhos, cheias de gozo e louvor a Deus. Se formos esse tipo de exemplo, procuraremos colocar a Deus e a sua Palavra, com adoração, no centro de nosso lar. Haveremos de nos empenhar para, em todos os dias, incutir pensamentos sobre Deus, falar da glória dEle e render-Lhe louvor.

Se estas coisas estiverem constantemente agindo em um lar, há muita probabilidade de que essa família virá a casa de Deus no Dia do Senhor, para oferecer, com prontidão, a adoração a Deus, em espírito e em verdade (João 4.19-24). Essa família terá adorado a

---

A falta de vida que muitas igrejas experimentam em nossos dias pode ter sua origem nas muitas famílias cujos membros adoram a Deus somente no domingo.

Deus como um modo de viver nos seis dias anteriores, tanto na adoração particular como na familiar; e a adoração pública será um resultado natural.

Os filhos dessa família saberão que a adoração não é algo que alguém pratica ocasionalmente. Eles entenderão que a adoração envolve toda a vida (Deuteronômio 6.6-9). Em sua casa, eles experimentarão o começo e/ou o fim das atividades de cada dia realizando um culto familiar, que incluirá louvor, oração e leitura da Palavra. Eles aprenderão, desde cedo, por meio desse lar frutífero e dedicado à adoração que o Dia do Senhor é um dia bendito, o ápice de tudo o que fizeram durante a semana — adorando a Deus em todas as coisas de sua vida!

A falta de vida que muitas igrejas experimentam em nossos dias pode ter sua origem nas muitas famílias cujos membros adoram a Deus somente no domingo. Podemos ver com clareza a fonte dessa falta de vida, quando percebemos que tais membros não estão adorando consistentemente a Deus, em particular. As estatísticas revelam que somente 11% dos que professam ser crentes, lêem uma porção bíblica uma vez por dia. Se tão poucos crentes professos gastam tempo a sós com Deus, não devemos nos surpreender com o fato de que o culto familiar é quase inexistente.

Se os pais estão experimentando diariamente a presença de Deus e crescendo em seu amor por Cristo, isto será evidenciado em sua liderança pastoral em seu lar. E, com certeza, a adoração pública, no Dia do Senhor, será transformada por tal vitalidade.

4. O DECLÍNIO ESPIRITUAL DE UM POVO

Ouçam o desafio de Josué ao povo de Israel:

"Agora, pois, temei ao Senhor e servi-o com integridade e com fidelidade; deitai fora os deuses aos quais serviram vossos pais dalém do Eufrates e no Egito e servi ao Senhor. Porém, se vos parece mal servir ao Senhor, escolhei, hoje, a quem sirvais: se aos deuses a quem serviram vossos pais que estavam dalém do Eufrates ou aos deuses dos amorreus em cuja terra habitais. Eu e a minha casa serviremos ao Senhor."

Josué 24.14-15

Quatro razões para restaurarmos o culto em família

Não tenho nada contra a afirmação daquele homem que, em certa ocasião, disse: *"Assim como vai o lar, assim vai a Igreja, e assim vai a nação"*.

Alguns anos atrás, na Groelândia, havia um interessante costume praticado toda vez que um estranho batia à porta de alguém. O dono da casa perguntaria naturalmente: *"Quem é?"* O estranho responderia: *"Deus está em sua casa?"* Se a resposta fosse "sim", o estranho poderia entrar na casa.[6]

Se alguém viesse à sua casa hoje e lhe fizesse esta mesma pergunta, o que você diria? Deus está em sua casa? Ele é a vida e a respiração de sua família? Deus é precioso para todos de sua casa? O nome de Jesus é exaltado em seu lar?

Por que o nosso país é tão ímpio? Por que a maioria das igrejas evangélicas se mostram espiritualmente fracas? Por que os lares de muitos que professam ser crentes, em nossos dias, são conchas de formalidade em meio à desunião espiritual?

A Bíblia nos ensina que uma das razões desse grave declínio é que nossas igrejas, em geral, estão vazias de homens que, como Josué, resolveram liderar sua família na adoração ao Deus vivo.

Paulo disse aos homens da igreja de Corinto que vivessem como homens (1 Coríntios 16.13). Em nossos dias, a verdadeira masculinidade recebeu uma nova definição carnalmente distorcida. Mas as Escrituras descrevem o verdadeiro cabeça do lar como alguém que lidera sua família na adoração diária do Deus vivo (Efésios 6.4). Se você não sabe como fazer isso, pelo menos tem o desejo de aprender como fazê--lo? A contemplação do bem-estar eterno das almas que vivem sob o seu teto é tão profunda, que o impulsiona ao dever?

As Escrituras nos ensinam que a igreja é o fator-chave em determinarmos se alguns homens estão agindo como verdadeiros homens.

Quando a igreja começa a ser a igreja, liderada por homens de firmeza espiritual que estão agindo como verdadeiros homens, então, podemos esperar que haverá um efeito contagiante de todo o cristianismo.

Por que Deus está julgando muitos povos? As famílias de membros de igrejas cristãs, em muitos países, têm seguido caminhos idólatras e abandonado a adoração ao Deus vivo em suas casas. Por conseguinte, a igreja está se tornando como o mundo.

Jeremias disse:

"Derrama a tua indignação sobre as nações que não te conhecem e sobre os povos que não invocam o teu nome".

Por quê?

"Porque devoraram a Jacó, devoraram-no, consumiram-no e assolaram a sua morada".

Jeremias 10.25

Deus nos mostra que as famílias constituem, de modo cumulativo, as nações. E, quando as nações se encontram sob julgamento, podemos deduzir corretamente que o seu erro em não adorar a Deus como famílias é a causa! Por essa razão, a ira é enviada sobre os lares de uma nação. De fato, essa negligência espiritual de almas, nas famílias, equivale à deterioração, à ruína e à devastação de uma nação!

Mas essa ira também resulta do pecado de egoísmo. Romanos 14.7-9 diz:

> *"Porque nenhum de nós vive para si mesmo, nem morre para si. Porque, se vivemos, para o Senhor vivemos; se morremos, para o Senhor morremos. Quer, pois, vivamos ou morramos, somos do Senhor. Foi precisamente para esse fim que Cristo morreu e ressurgiu: para ser Senhor tanto de mortos como de vivos".*

Por que Jesus morreu? Jesus morreu para produzir um povo que seria zeloso para Ele — um povo que não viveria para si mesmo, e sim para servir os outros, especialmente quando reconhecem seu papel na realização do plano redentor de Deus. À medida que você educa os seus filhos para conhecerem a Deus, não esqueça que um dia eles serão pais. Eles também criarão filhos — os seus netos — que, por sua vez, criarão seus bisnetos! Deus não está julgando apenas em nossos dias — Eles julgará também no futuro!

Começando

*Como podemos estabelecer o
culto familiar e quem deve participar?*

Se devemos estabelecer com sucesso o culto familiar, tanto o reconhecimento da prioridade como o zelo por sua continuidade têm de ser a convicção fundamental de ambos os cônjuges.

Em outras palavras, adorar a Deus juntos, como família, tem de fluir de corações que desejam ver Jesus exaltado em seu lar.

O estabelecimento do culto familiar começa com a convicção e prossegue rumo a ação.

A adoração familiar precisa ser vista como parte integral das responsabilidades espirituais diárias de cada família. Contudo, devemos lembrar que a coerência e a flexibilidade são chaves para a permanência do culto familiar.

Para evitar a frustração e o fracasso, é vital que o pai, como cabeça do lar, seja apto a discernir como o culto familiar pode ser aplicado à sua família.

Os participantes do culto familiar são todos os membros da família.

Em outras palavras, isto pode envolver um casal jovem, sem filhos, ou um casal cujos filhos já deixaram o lar. Inclui tanto os cônjuges crentes como os não-crentes (se possível), e a adoração familiar pode ser liderada por apenas um dos pais (Atos 16.1).

O culto familiar tem de envolver todos os filhos que estão em casa, não importando as suas idades. Todos podem obter grande benefício espiritual, até os mais novos. Tão-somente por ouvirem e assistirem, eles estão aprendendo a prioridade da adoração em suas vidas. Devemos lembrar que o culto familiar pode ser um instrumento que resultará em trazê-los a Cristo (2 Timóteo 3.15). O culto familiar lhes fornecerá, em seu próprio lar, uma circunstância em que tenham reflexão saudável e prudente, discussão, interação, assimilação e, felizmente, aplicação das coisas mais necessárias para o bem-estar eterno da alma deles.

ONDE O CULTO FAMILIAR DEVE SER REALIZADO?

Deuteronômio 6.7 nos fornece bastante instrução sobre esta pergunta:

> *"Tu as inculcarás a teus filhos [Deus ordena], e delas falarás assentado em tua casa, e andando pelo caminho, e ao deitar-te, e ao levantar-te".*

Novamente, temos de levar em conta o viver particular da família. O ambiente do lar é o melhor para consistência, flexibilidade, mudanças e viabilidade. No entanto, a nossa família tem adorado em vários lugares, tais como: em um parque favorito, uma praça linda perto de nossa casa, em nossa sala de estar, na sala de visitas, em outros quartos da casa e mesmo em nosso jardim.

Cada um desses lugares nos oferece novas alternativas para o local regular de nosso culto familiar: a mesa de refeições, após arrumarmos e lavarmos a louça do café ou do jantar. Também gostamos de realizar o culto na biblioteca da família, onde freqüentemente lemos individualmente e em conjunto.

QUANDO O CULTO FAMILIAR PODE SER REALIZADO?

Em sentido geral, o culto familiar deveria estar acontecendo a todo momento, em uma esfera de espiritualidade saudável. (Leia Deuteronômio 6.6-9.) Todavia, é crucial que se tenha uma ocasião regular que satisfaça o horário cotidiano da família. Para algumas famílias, o culto familiar pela manhã é impossível; a escolha deles é após o jantar.

Para outros, após o café da manhã é o melhor horário. A manhã é provavelmente a parte do dia que produzirá menos distrações para a maioria das famílias. (Muitos telefonemas e visitas costumam ocorrer à noite.) Mas, se você não mostrar flexibilidade e prontidão para mudanças, levando em conta todas as circunstâncias que a vida lhe pode trazer em um dia comum, ficará frustrado e desistirá logo depois de haver dado os passos iniciais.

Lembre-se também: consistência, flexibilidade, mudanças e viabilidade são os fatores importantes.

OS TRÊS ELEMENTOS DO CULTO FAMILIAR

Basicamente, os elementos disponíveis ao pai (ou o chefe do lar), enquanto ele dirige sua família na adoração a Deus, são os mesmos que encontramos no culto público semanal.

No mínimo, três elementos são essenciais e têm de fazer parte do culto familiar: os cânticos, as Escrituras e a oração.

ADORANDO COM CÂNTICOS

O Senhor tem de ser adorado com cânticos. Salmos 69.30 declara: *"Louvarei com cânticos o nome de Deus, exaltá-lo-ei com ações de graça"*. No culto familiar, devemos liderar nossa família para cantar ao Senhor, porque Lhe agradamos quando O louvamos! Àqueles que se acham incapazes de cantar ou que não se vêem inclinados à música, existem recursos disponíveis para ajudá-los a tornar a música um elemento importante de seu tempo de adoração diária. Assim, é recomendável cantar os hinos ou cânticos que seus filhos aprendem na Escola Dominical ou em ocasiões quando estão com crianças da mesma idade. Os salmos, os hinos e os cânticos espirituais freqüentemente cantados nos cultos da igreja também devem ser utilizados.

Na verdade, se mais famílias entoassem os louvores do Senhor juntas, em casa, imaginem como isso melhoraria o canto congregacional do Dia do Senhor!

Outra idéia excelente é terminar o culto familiar com um hino ou um cântico de adoração entoado por todos. Martinho Lutero demonstrou quão importante é a música na adoração a Deus, quer cantada no lar, quer nos cultos da igreja, quando disse: *"Juntamente com a Palavra de Deus, a música merece a mais elevada apreciação"*.[7]

ADORANDO COM AS ESCRITURAS

O ensino da Bíblia tem de ser central. Neste aspecto, nosso alvo deve ser o de ajudar os membros da família a desenvolverem amor para com a Palavra de Deus, na esperança de que eles começarão a viver alicerçados em cada ensino das Escrituras (Mateus 4.4). Lembre que a Palavra de Deus tem de ser ensinada com reverência, criatividade e muito ânimo. Você deve esforçar-se para não tornar a Palavra monótona a seus filhos, pela maneira como a apresenta. Pense em maneiras de ilustrar os assuntos principais e de criar figuras para eles. Faça muitas perguntas fáceis aos seus filhos (mescladas com algumas difíceis, para que eles pensem com intensidade!). Você ficará surpreso em descobrir que os filhos são capazes de permanecer ali, enquanto os ensina. Mantenha o padrão elevado, e Deus trará seus filhos a este padrão. Empenhe-se por fazer do tempo de ensino uma lição que eles recordarão.

Existem várias maneiras pelas quais a Palavra de Deus pode ser transmitida à família:

1. a leitura direta da Bíblia, seguindo um plano de leitura;
2. a leitura de um bom livro de histórias bíblicas;
3. o uso de catecismo — um método bastante proveitoso de ensino da Bíblia, utilizando perguntas e respostas;
4. a memorização das Escrituras;
5. a leitura de um bom livro devocional;

6. a leitura de clássicos evangélicos como *O Peregrino*. (Tenha a sua Bíblia consigo, para examinar as verdades espirituais que saltarão de cada página do livro.);
7. a leitura de biografias de crentes, histórias fictícias ou novelas teológicas.

Alguns pais podem sentir-se inadequados nesta área, mas, naquilo em que Deus outorga a responsabilidade, Ele mesmo dá a capacidade de realizar. Para os pais que estão verdadeiramente comprometidos com Ele: onde há vontade, sempre há um meio de realizar!

ADORANDO COM ORAÇÃO

As orações têm de ser oferecidas a Deus em nome de Jesus. Temos de ensinar nossos filhos não somente por meio das palavras que nós mesmos utilizamos em oração, mas também por fornecer os assuntos sobre os quais devemos orar. Orem freqüentemente pelas necessidades da família e de seus parentes (especialmente, pelos não-salvos), pelas necessidades de sua igreja local, pelas necessidades espirituais do país e pelas profundas necessidades de

---

Deus planejou que os filhos, em seus anos de formação, olhem naturalmente para seus pais, a fim de receberem estímulo, visto que os pais são aqueles que protegem os filhos e lhes providenciam o necessário.

---

pessoas não-salvas (tanto em nossa pátria como em todo o mundo). E a lista pode ser ampliada... até ao infinito! Lembre-se de que estamos ensinando nossos filhos a darem pequenos passos em direção a Deus, enquanto ilustramos nossa dependência dEle em oração.

A DURAÇÃO DO CULTO FAMILIAR

Isso depende de vários fatores, tais como o número de filhos, a idade e a capacidade de atenção deles. Alguns pais que têm filhos pequenos podem achar que dez minutos são o suficiente nos estágios iniciais de implementarem o culto familiar. Para outros, dez minutos talvez seja todo o tempo que eles têm, embora desejem gastar mais tempo no culto familiar. Algumas famílias são capazes de desfrutar de um período proveitoso de trinta minutos. Quinze ou vinte minutos é um bom alvo a ser atingido. Não importa quais sejam as limitações de seu tempo, assegure-se de que seja um tempo em que vocês, como família, estarão focalizados no Filho do Deus vivo.

> *"O culto familiar deve ser breve, agradável, natural, cheio de ternura e celestial."*
>
> *Richard Cecil*

TORNANDO EFICAZ O CULTO FAMILIAR

A prática do culto familiar diariamente oferece muitas vantagens aos pais que procuram alcançar seus filhos com o evangelho. Por um lado, Deus planejou que os filhos, em seus anos de formação, olhem naturalmente para seus pais, a fim de receberem estímulo, visto que os pais são aqueles que protegem os filhos e lhes providenciam o necessário. Antes que a furiosa investida do mundo venha sobre os filhos, eles são naturalmente inclinados a ouvir o seu pai e a sua mãe — especialmente o seu pai. Nos anos de formação, os filhos não estão ouvindo com mais atenção ao Presidente da nação do que a seus pais. Eles não ouvem nem abraçam as normas aceitas pela sociedade antes de chegarem à adolescência. Pelo contrário, os filhos estão dizendo, em essência, aos seus pais: "Moldem-me; transmitam-me o que é mais precioso ao coração de vocês".

Com freqüência, um filho vê além da aparência religiosa de seus pais e descobre o que é realmente precioso para eles! Um filho vê padrões de coração que induzem os pais a buscarem riqueza, diversão, esportes, entretenimento, televisão, *shoppings* ou mera ocupação religiosa. Um filho pode perceber facilmente quando tais coisas são mais estimulantes para seus pais do que a devoção ao Senhor Jesus Cristo! E quando este for o caso, tal filho abraçará as mesmas afeições de seus pais, em prejuízo de sua própria alma!

Quando os filhos vêem seus pais anelarem por Deus — pais que estão constantemente transbordando as Escrituras e buscando a Deus em oração a respeito de todas as coisas; pais que têm equilíbrio adequado entre o gozo de uma recreação legítima e o anelo de conformar-se a todas as coisas que trazem glória para Deus — podemos esperar que esses filhos adotarão o mesmo equilíbrio. Não importa o que ou quem é precioso para você, isso também será precioso para seus filhos.

Observe este princípio que pode ser extraído de 1 Timóteo 4.16 e aplicado a cada pai:

> *"Tem cuidado de ti mesmo e da doutrina. Continua nestes deveres; porque, fazendo assim, salvarás tanto a ti mesmo como aos teus ouvintes".*

De acordo com a Palavra de Deus, os pais são responsáveis por serem os pastores de seu próprio lar. Portanto, este versículo se aplica, pelo menos em princípio, aos pais, bem como aos pastores e presbíteros da igreja local. Os pais têm de cuidar de si mesmos no que diz respeito à adoração particular e ao ensino da Palavra no culto familiar.

Talvez a razão por que os pais não estão liderando seu lar na adoração diária ao Deus vivo seja o fato de que o coração deles não está se relacionando com Deus de maneira pessoal. Os pais não estão sendo sacerdotes por que não estão estudando a Palavra de Deus para a saúde de sua própria alma, nem intercedendo pelos membros de sua família com regularidade, em secreto. Por esta razão, não deve nos surpreender que muitos lares se encontram em desordem espiritual.

John Geree escreveu a respeito de um pai tipicamente Puritano, em 1646:

"Ele se esforça para que sua família se torne uma igreja, tanto no que se refere às pessoas como às

práticas, admitindo ali somente alguém que teme ao Senhor; e empenha-se para que os nascidos em seu lar sejam também nascidos de novo".

Para os Puritanos a família era sobremodo importante:

"A família é o seminário da igreja e do Estado, e se os filhos não forem bem instruídos ali, todas as outras coisas fracassarão".

Portanto:

"Mantenha o governo de Deus em seu lar. Famílias santas têm de ser os principais preservadores dos interesses do cristianismo no mundo".[8]

Você já considerou o fato de que o nosso lar, em essência, é um pequeno seminário? Quem dá aos seus filhos instrução espiritual? O tutor teológico do seminário, o pai (Provérbios 22.6; Efésios 6.4). Como ele faz isso? Primeiramente, liderando a sua família na adoração diária ao Deus vivo. O grande reformador francês J. H. Merle d'Aubigne apresentou este desafio:

> *"Meus irmãos, existe no coração de vocês um altar dedicado ao único Deus vivo e verdadeiro? Vocês são o templo de Deus? O Espírito de Deus habita ali? Se não existe um altar erigido a Deus na alma, não pode haver nenhum altar no lar de vocês".*[9]

"Somente um discípulo pode fazer discípulos."

A. W. Tozer

Agora é o tempo em que os pais têm de implementar o culto familiar diário, mesmo que este seja um conceito estranho à maior parte do evangelicalismo contemporâneo. Os pais (em especial, o pai) têm de reconhecer que são os responsáveis pelo treinamento espiritual de seus filhos — não os professores da Escola Dominical, os ministros de jovens ou o corpo de pastores. Por isso, assumam, sem demora, a responsabilidade que Deus lhes outorgou, para conduzirem seus pequenos a Deus.

O CULTO FAMILIAR RESTAURADO

Sem dúvida, muitos de nós viemos de famílias que blasfemavam e não adoravam o Salvador. Outros podem ter crescido em um lar pseudo-cristão, um lar em que Cristo estava somente em seus lábios, por alguns momentos, no domingo. Outros podem ter vindo de lares fiéis à luz que receberam, mas, apesar disso, não sabiam nada a respeito da luz e nenhum exemplo lhes foi dado para o culto familiar. Não desanimem. Em vez disso, sejam determinados, pela graça de Deus, a se tornarem instrumentos para revirar esta geração (Atos 13.36). Que Deus faça surgir uma geração de Josias, após uma geração de Manassés (2 Crônicas 34-35; 2 Reis 22, 23.1-28). Famílias que adoram a Deus podem mudar igrejas... e nações (Salmos 22.27)!

A nossa constante oração deve ser que Deus encha este país com igrejas semelhantes à igreja dos Puritanos em Dorchester, no Estado de Massachusetts (nos Estados Unidos), cujos membros tomaram a seguinte resolução em 1677:

> *"Como igreja em Dorchester, Estado de Massachusetts, fazemos uma aliança de reformar nossas famílias, engajando-nos em um cuidado consciente de nos dispormos e mantermos o culto a Deus em*

nosso lar. Com um fiel desprendimento dos deveres de nosso lar, resolvemos educar, instruir e incumbir nossos filhos, bem como toda a família, a procurarem manter os caminhos do Senhor".[10]

Que o Deus vivo e verdadeiro nos dê essa mesma resolução e, em sua misericórdia, nos outorgue o despertamento espiritual do qual necessitamos urgentemente.

"Tenho ouvido, ó Senhor, as tuas declarações, e me sinto alarmado; aviva a tua obra, ó Senhor, no decorrer dos anos, e, no decurso dos anos, faze-a conhecida; na tua ira, lembra-te da misericórdia."

Habacuque 3.2

"Se os pais não forem visivelmente sinceros, não podemos esperar que os filhos o sejam."

JOHN ANGELL JAMES

Notas

1 — Cotton Mather, *The Great Works of Christ in America*, 2 vols. (Carlisle, PA; Banner of Truth Trust, 1979 [1702]), 1:48.
2 — Richard Owen Roberts, *Sanctify the Congregation* (Wheaton, International Awakening Press, 1994), p. 24.
3 — Alvah Hovey, *The Life and Times of the Reverend Isaac Backus* (Harrisonburg, VA; Gano Books, 1991 [1858]), P. 149.
4 — J. W. Alexander, *Thoughts on Family Worship* (Morgan, PA; Soli Deo Gloria Publications, 1990, pp. 1-2.
5 — Neal Postman, *The Disappearance of Childhood* (New York, NY; Vintage Books, 1994 [1982], p.xi.
6 — Thomas Watson e Samuel Lee, *The Bible an the Closet* (Harrisonburg, VA; Sprinkle Publications, 1992 [1842]), p. 7.
7 — Pelikan, Jarslov e Lehman, H. T. eds., *Luther's Works*, 55 vols. (St. Louis, MO; Concordia Publishing House, Philapelphia, PA, Fortress Press, 1955-1986), 53:323.
8 — J. I. Packer, *Quest for Godliness* (Wheaton; Crossway Books, 1990), p. 270.
9 — J. H. Merle d'Aubigne, *Family Worship* (Dallas; Pres-byterian Heritage Publications, 1989 [1827]), p. 25.
10 — Leland Ryken, *Santos no Mundo* (Editora Fiel; São José dos Campos, SP)

FIEL MINISTÉRIO

O Ministério Fiel visa apoiar a igreja de Deus, fornecendo conteúdo fiel às Escrituras através de conferências, cursos teológicos, literatura, ministério Adote um Pastor e conteúdo online gratuito.

Disponibilizamos em nosso site centenas de recursos, como vídeos de pregações e conferências, artigos, e-books, audiolivros, blog e muito mais. Lá também é possível assinar nosso informativo e se tornar parte da comunidade Fiel, recebendo acesso a esses e outros materiais, além de promoções exclusivas.

Visite nosso site

www.ministeriofiel.com.br

Impressão e Acabamento | Gráfica Viena
Todo papel desta obra possui certificação FSC® do fabricante.
Produzido conforme melhores práticas de gestão ambiental (ISO 14001)
www.graficaviena.com.br